Notre collection "Mes contes préférés" dans laquelle on retrouve les plus beaux contes de tous les temps, séduit chaque génération d'enfants.

Les plus jeunes aiment se faire lire ces merveilleuses histoires et les plus âgés abordent ainsi une lecture facile et passionnante.

L'édition originale de ce livre a paru sous le titre: *The Wizard of Oz* dans la collection "Well Loved Tales"

© LADYBIRD BOOKS LTD, 1984

ISBN 0-7214-1292-0
Dépôt légal: septembre 1989
Achevé d'imprimer en juillet/août 1989
par Ladybird Books Ltd, Loughborough, Leicestershire, Angleterre
Imprimé en Angleterre

Le magicien d'Oz

Par L F BAUM

Adapté pour une lecture facile
par JOAN COLLINS

Illustré par ANGUS McBRIDE

Ladybird Books

LA GRANDE TORNADE

Dorothée était orpheline. Elle vivait en Amérique, au centre de la grande plaine du Kansas avec son oncle Henri, qui était fermier, et sa tante Emilie. Leur petite maison n'avait qu'une pièce, avec une trappe dans le plancher qui menait à la cave. Les tornades étaient fréquentes dans la plaine et balayaient tout sur leur passage. En cas d'alerte, toute la famille descendait à la cave se mettre à l'abri.

Lorsqu'elle regardait par la fenêtre, Dorothée ne voyait que la plaine, immense et grise. Il n'y avait aucun arbre, rien que la terre craquelée sous le soleil.

Et, même Tante Emilie et Oncle Henri étaient tout gris. Ils travaillaient beaucoup, et ne souriaient jamais.

Dorothée, elle, était bien différente. Elle aimait rire et jouer avec son petit chien, Toto, qu'elle adorait.

Un jour, le ciel s'assombrit brusquement. Oncle Henri semblait préoccupé. Dorothée prit Toto dans ses bras. Tante Emilie faisait la vaisselle.

On entendit la longue plainte du vent, puis l'herbe se mit à onduler et à se tordre.

"Une tornade arrive, Emilie!" cria Oncle Henri, puis il courut mettre les vaches à l'abri.

''Vite, Dorothée,'' cria Tante Emilie, ''cours à la cave!'' elle ouvrit la trappe et dévala l'escalier.

Dorothée venait d'attraper Toto quand le vent emporta la maison, et elle tomba de tout son long sur le plancher. La maison tourbillonna deux ou trois fois sur elle-même, puis s'éleva lentement dans les airs.

Dorothée avait l'impression de faire une ascension en ballon. La tornade avait aspiré la maison et la transportait comme une plume.

Toto faillit tomber par la trappe ouverte, mais Dorothée le rattrapa par les oreilles et referma la trappe. Puis, elle rampa jusqu'à son lit, et s'y allongea.

Les heures passaient, et Dorothée se rassura peu à peu. Malgré le mouvement de la maison et le bruit du vent, elle s'endormit.

DOROTHEE RENCONTRE LES MUNCHKINS

Soudain Dorothée fut réveillée par un léger choc. La maison ne bougeait plus! Elle courut à la porte pour voir où ils se trouvaient.

La tornade les avait doucement déposés dans un bel endroit, planté d'arbres fruitiers, de fleurs et peuplé d'oiseaux chanteurs. C'était bien différent du Kansas.

En regardant mieux, Dorothée vit un groupe d'étranges petits personnages qui venaient à sa rencontre. Il y avait là trois hommes, chaussés de bottes et habillés tout en bleu, et une petite bonne femme vêtue de blanc. Tous portaient des chapeaux ronds à l'extrêmité pointue.

Lorsqu'ils furent à portée de voix, la petite bonne femme lui cria : ''Bienvenue au Pays des Munchkins! Nous vous sommes très reconnaissants d'avoir tué la méchante sorcière de l'Est, qui nous tenait en esclavage depuis si longtemps!''

Dorothée n'y comprenait rien. Elle ne se souvenait pas d'avoir tué quelqu'un.

Les Munchkins lui firent contourner sa maison, et lui montrèrent deux souliers d'argent, qui dépassaient de sous la maison. La tornade avait déposé la maison en plein sur la sorcière et l'avait aplatie!

"Enfin, elle ne nous ennuiera plus!" dit la petite bonne femme. "Ces souliers sont magiques. Prenez-les, vous les avez bien mérités."

"Qui êtes-vous?" demanda Dorothée.

"Je suis la bonne fée du Nord, venue pour aider les Munchkins. Ma sœur est la bonne fée du Sud. Nous n'étions pas assez puissantes pour nous débarrasser des méchantes sorcières de l'Est et de l'Ouest. Mais grâce à vous, en voilà une de moins!"

"Qui sont les Munchkins?"

"Ils vivent dans la partie Est du pays d'Oz. Les Quadlings habitent au sud, les Vinkies à l'Ouest et moi au Nord. Au milieu, il y a la Cité d'Emeraude, où vit le magicien d'Oz."

"Je pensais que les sorcières et les magiciens avaient disparu depuis longtemps," dit Dorothée.

"Pas au pays d'Oz," répondit la fée. Dorothée lui parla de son oncle Henri et de sa tante Emilie et lui demanda comment rentrer au Kansas.

"Le pays d'Oz est entouré d'un désert très dangereux à traverser," dirent les Munchkins.

9

Dorothée se mit à pleurer, et par sympathie, les Munchkins sortirent leurs mouchoirs. La bonne fée était songeuse. "Il te faut aller à la Cité d'Emeraude," dit-elle. "Le magicien d'Oz peut t'aider."

"Comment puis-je m'y rendre?" demanda Dorothée.

"Prends ce chemin," dit la fée, "et suis la route de Briques Jaunes."

"Venez-vous avec moi?"

"Non, mais je vais te donner un baiser magique qui te protègera." La bonne fée embrassa Dorothée sur le front, laissant une marque brillante. Puis elle fit trois petits tours sur son talon gauche, et disparut.

COMMENT DOROTHEE SAUVA L'EPOUVANTAIL

Dorothée et Toto prirent leur petit déjeuner. Puis la fillette enfila une robe bleue et blanche, propre et repassée, et coiffa son chapeau de soleil rose. Comme ses chaussures étaient très usées, elle les remplaça par les souliers d'argent de la méchante sorcière. Puis, posant un morceau de pain dans son panier, elle se mit, avec Toto, à la recherche de la route de Briques Jaunes.

La campagne était jolie, avec ses champs de blés dorés entourés de barrières bleues. Les Munchkins, devant leurs maisons bleues toutes rondes, venaient la saluer.

"C'est encore loin, la Cité d'Emeraude?" demanda-t-elle.

"Vous feriez mieux d'éviter Oz," lui dirent-ils en secouant la tête. "La route est longue jusqu'à la Cité d'Emeraude."

Mais Dorothée, courageuse, décida de poursuivre sa route. Après quelques kilomètres, elle grimpa sur une barrière pour se reposer, près d'un grand champ de blé.

Dans ce champ, il y avait un épouvantail, planté sur un bâton. Sa tête était faite d'un petit sac bourré de paille, avec les yeux, le nez et la bouche peints dessus. Il était coiffé d'un vieux chapeau bleu pointu, vêtu d'un costume bleu délavé et chaussé de vieilles bottes à revers bleus.

Comme Dorothée regardait son visage peint, l'épouvantail cligna d'un œil, et lui fit un gentil signe de tête. Dorothée enjamba la barrière pour aller le voir.

"Sais-tu parler?" demanda-t-elle.

"Bien sûr! Comment vas-tu?"

"Très bien!" dit poliment Dorothée. "Et toi, comment vas-tu?"

"Pas trop bien," dit l'épouvantail, "je m'ennuie à rester là toute la journée sur mon bâton, à effrayer les corbeaux."

"Je vais te descendre," dit Dorothée. Il était très léger, étant bourré de paille.

L'épouvantail lui demanda qui elle était et où elle allait. Quand Dorothée lui apprit qu'elle se rendait à la Cité d'Emeraude pour demander au magicien de la ramener au Kansas, il voulut l'accompagner. "Peut-être le magicien pourra-t-il me fabriquer une cervelle. Je n'en ai pas, ma tête est pleine de paille."

Dorothée lui dit qu'il pouvait venir, et ils retournèrent sur la route. L'épouvantail lui portait gentiment son panier.

OU DOROTHEE SAUVA FER BLANC, LE BUCHERON

Nos voyageurs trouvèrent une maison vide pour y passer la nuit.

L'épouvantail ne prit pas de petit déjeuner car sa bouche peinte ne lui permettait pas de manger. Il ne dormait pas non plus la nuit. "Comme cela doit être pénible d'être obligé de dormir, de manger, de boire!" dit-il. "Mais que cela doit être bon d'avoir un cerveau!"

Puis ils entrèrent dans une forêt. Soudain, à travers les arbres, Dorothée aperçut une chose qui brillait au soleil. Près d'un arbre à demi abattu, une hache à bout de bras, se tenait un homme entièrement fait de fer blanc.

Se rendant compte qu'on l'observait, il poussa un grognement sourd.

"Avez-vous besoin d'aide?" demanda Dorothée.

"Je ne peux plus bouger, mes articulations sont rouillées," dit-il. "S'il vous plaît, allez chercher une burette d'huile dans ma maison. Avec de l'huile, je retrouverai ma liberté."

Dorothée alla vite chercher la burette. Avec l'épouvantail, ils firent jouer les articulations jusqu'à ce que le bûcheron puisse enfin déposer sa hache.

Il les remercia, et, apprenant où ils se rendaient, il leur demanda : ''Croyez-vous que le magicien pourrait me donner un cœur ?''

Il leur expliqua que la méchante sorcière de l'Est l'avait transformé en homme de fer blanc et lui avait volé son cœur. Il souhaitait le retrouver pour avoir de nouveau des sentiments, comme tout le monde.

Dorothée accepta. Fer Blanc-le-bûcheron mit sa hache sur son épaule et tous poursuivirent leur chemin dans la forêt, sur la route de Briques Jaunes.

LE LION PEUREUX

Plusieurs fois, ils entendirent des rugissements d'animaux sauvages, cachés parmi les arbres.

''N'aie pas peur,'' dit Fer Blanc-le-bûcheron à Dorothée, ''j'ai ma hache, et tu as la marque de la bonne fée sur ton front.''

A ce moment là, on entendit un terrible rugissement et un énorme lion roux bondit sur la route. D'un coup de patte, il renversa l'épouvantail. Il voulut griffer Fer Blanc-le-bûcheron, mais ne fit qu'érafler le métal.

Toto courut à lui en aboyant, et le lion ouvrit la gueule pour le mordre. Dorothée se précipita alors et lui donna une bonne gifle, en plein sur le nez.

"Espèce de lâche!" dit-elle. "Une grosse bête comme toi, s'attaquer à un si petit chien! Et regarde ce que tu as fait à l'épouvantail!"

"Je suis navré," dit le lion, en se frottant le nez de la patte. "Je ne peux m'en empêcher! Tout le monde pense que les lions sont courageux, alors je rugis et bondis sur les gens jusqu'à ce qu'ils s'enfuient. Mais en réalité, c'est moi qui ai le plus peur."

"Si tu n'avais pas de cœur comme moi, tu ne serais pas lâche," dit Fer Blanc-le-bûcheron. "Moi, je vais chez le magicien lui demander un cœur!"

"Et moi, lui demander un cerveau!" ajouta l'épouvantail.

"Je crois que je vais venir avec vous. Peut-être me donnera-t-il du courage."

"D'accord, et tu éloigneras les bêtes sauvages," dit Dorothée.

Puis ils se remirent en route. Et bientôt, ils s'entendirent comme de vieux amis.

EN ROUTE VERS LE MAGICIEN

Ce soir-là, Fer Blanc coupa du bois et leur fit du feu.

Et au matin, ils virent qu'il leur fallait traverser un large et profond ravin, dont le fond était garni de rochers.

"Il me semble que je pourrais le traverser en sautant," dit le lion sans grande conviction. "J'ai très peur de tomber, mais puisqu'il faut y aller…"

C'est donc l'épouvantail, le plus léger de tous, qui monta sur le dos du lion. Celui-ci s'accroupit au bord du précipice, et d'une détente, il atterrit de l'autre côté. Tous applaudirent et il revint ainsi les chercher l'un après l'autre.

Ils marchèrent vite, et se trouvèrent bientôt face à un autre grand ravin. Cette fois, il était trop large pour être traversé d'un bond par le lion.

"J'ai trouvé!" dit l'épouvantail. "Si Fer Blanc abat cet arbre-ci, il tombera en travers du ravin et nous pourrons traverser!"

"Quelle bonne idée!" dit le lion. "On dirait presque que tu as un cerveau, et non de la paille dans la tête!"

Ils firent comme l'épouvantail l'avait proposé, et sortirent bientôt de la forêt pour se retrouver au bord d'une rivière, dans un endroit bien agréable.

"Comment la traverser?" dit l'épouvantail. "Je ne sais pas nager!"

"Moi non plus," dit Fer Blanc-le-bûcheron. "Mais je peux vous faire un radeau."

LA TRAVERSEE

Après avoir traversé la rivière, sur le radeau de Fer Blanc, ils se retrouvèrent de nouveau dans la campagne.

Là, les champs étaient verts, les clôtures vertes, ainsi que les maisons qui bordaient la route. Les gens étaient vêtus exactement comme les Munchkins, mais en vert et non plus en bleu.

"Ce doit être le pays d'Oz," dit Dorothée.

Mais ici, les gens étaient moins aimables. "Le magicien ne vous recevra pas!" disaient-ils. "Il ne sort jamais de son palais."

"A quoi ressemble-t-il?" demanda Dorothée.

"Nul ici ne l'a jamais vu. Il peut changer d'aspect à volonté, c'est un magicien!"

LE GARDIEN

Nos amis avancèrent sur la route de Briques Jaunes, et enfin ils aperçurent une magnifique lueur verte dans le ciel.

"Ce doit être la Cité d'Emeraude!" dit Dorothée.

Et d'ailleurs, la lueur verte devenait plus intense à mesure qu'ils se rapprochaient d'un épais mur vert, haut et brillant.

C'est là que se terminait la route de Briques Jaunes, devant une porte monumentale, incrustée d'émeraudes et si brillante que même l'épouvantail en clignait des yeux.

Ils sonnèrent et la porte s'ouvrit. Ils pénétrèrent dans une haute pièce voûtée, scintillante d'émeraudes.

Un petit homme vert y était assis, à côté d'un grand coffre vert. "Je suis le Gardien de la Porte!" dit-il. "Que venez-vous faire dans la Cité d'Emeraude?"

"Nous sommes venus voir le magicien!" dit Dorothée.

"J'espère que vous avez une bonne raison pour cela," dit le gardien. "Si vous n'en avez pas, le magicien est si terrible qu'il vous détruira sur le champ. Mais avant de vous conduire au palais je vais vous donner ces lunettes vertes. Autrement l'éclat de la Cité d'Emeraude vous aveuglerait!" Le gardien ouvrit le coffre, qui était rempli de lunettes.

Alors chacun d'eux chaussa une paire de lunettes, et ils suivirent le gardien dans la Cité d'Emeraude.

LA MERVEILLEUSE CITE D'EMERAUDE

Malgré les lunettes, Dorothée et ses amis étaient éblouis par la splendeur de la cité de marbre vert, incrusté d'émeraudes. Le ciel était vert, et même les habitants, qui regardaient ces étrangers, étaient verts. Au marché, on vendait des sucres d'orge verts, et même de la limonade verte !

Le Palais d'Oz était gardé par un soldat à la longue barbe verte, qui alla annoncer leur arrivée

au magicien. Tandis qu'ils attendaient, Dorothée dut enfiler une robe verte en l'honneur du magicien.

Le soldat revint leur expliquer que le magicien les recevrait chacun leur tour, en commençant par Dorothée. "C'est parce que vous portez le signe de la bonne fée sur le front. Et vous avez aussi des souliers d'argent et une robe verte!"

On amena Dorothée aux portes de la salle du trône. Une cloche tinta. C'était le signal d'entrée.

La salle du trône était magnifique. Sous la voûte scintillante d'émeraudes, la lumière était aussi vive que celle du soleil. Le grand trône de marbre vert se dressait en son centre.

Sur le siège, flottait une énorme tête chauve, sans bras ni jambes. Roulant des yeux terribles, elle s'adressa à Dorothée d'une voix aiguë : "Je suis le Grand et Terrible Magicien! Qui es-tu et que fais-tu ici?"

"Je suis Dorothée, votre humble servante. Je suis venue vous demander de me ramener au Kansas, chez mon oncle Henri et ma tante Emilie."

"Où as-tu eu ces souliers d'argent?"

Dorothée lui raconta ce qui était arrivé à la méchante sorcière de l'Est. "Et qui t'a fait cette marque sur le front?" demanda-t-il.

Et Dorothée lui raconta comment elle avait rencontré la bonne fée du Nord.

"Si tu veux rentrer au Kansas, il faut que tu fasses quelque chose pour moi! Il te faut tuer la méchante sorcière de l'Ouest!"

"C'est impossible! Je ne suis qu'une petite fille!" protesta Dorothée.

"Tu as bien tué la sorcière de l'Est!" remarqua-t-il avec sévérité.

"Mais c'était un accident!" dit Dorothée, les larmes aux yeux. Bouleversée, elle retourna voir ses amis et leur raconta ce que le magicien lui avait ordonné de faire.

LES AMIS DE DOROTHEE
CHEZ LE MAGICIEN

Le lendemain, ce fut le tour de l'épouvantail.

Cette fois, le magicien prit l'apparence d'une belle dame verte, avec une couronne de pierres précieuses et des ailes de papillon.

L'épouvantail lui demanda un cerveau, mais il reçut la même réponse que Dorothée : il lui fallait tuer la sorcière de l'Ouest d'abord.

Il fut suivit par Fer Blanc-le-bûcheron. Cette fois, le magicien apparut sous la forme d'une horrible bête couverte de poils verts. Elle était grande comme un éléphant, avec une tête de rhinocéros. Mais, n'ayant pas de cœur, Fer Blanc n'en fut pas effrayé.

Il obtint la même réponse que les autres : pour avoir un cœur, il devait aider Dorothée à tuer la sorcière de l'Ouest.

Enfin, le tour du lion arriva. Cette fois le magicien lui apparut comme une boule de feu, qui lui brûla les moustaches.

"Quand tu m'apporteras la preuve que la méchante sorcière est morte, je te donnerai du courage," dit la boule de feu.

Le lion revint vers ses amis. "Nous devons faire ce qu'il dit, ou je n'aurai jamais de courage!"

"Ni moi mon cerveau!" dit l'épouvantail.

"Ni moi mon cœur!" dit Fer Blanc-le-bûcheron.

"Et moi je ne reverrai jamais le Kansas!" dit Dorothée.

A LA RECHERCHE
DE LA MECHANTE SORCIERE

Le soldat leur indiqua la direction.

"Continuez à l'Ouest, vers le soleil couchant. Mais attention, dès que la sorcière vous saura sur son territoire, elle voudra vous réduire en esclavage."

La méchante sorcière de l'Ouest n'avait qu'un œil, mais aussi puissant qu'un télescope. Assise à la porte de son château, elle observait tout le pays, et aperçut vite Dorothée et ses amis qui dormaient au loin.

Alors, d'un coup de sifflet d'argent, elle appela une horde de loups assoiffés de sang et leur ordonna : "Allez mettre ces gens en pièce!"

"Très bien," grogna le chef de meute qui disparut, suivi des autres, dans un grondement.

Mais Fer Blanc-le-bûcheron ne dormait pas. Il saisit sa hache et quand les loups furent là, tous crocs dehors, il leur coupa la tête un à un!

La sorcière était furieuse, et d'un coup de sifflet, elle fit venir un vol de vilains corbeaux noirs.

"Crevez-leur les yeux et déchiquetez-les!" hurla-t-elle. Les corbeaux s'envolèrent en croassant.

Mais l'épouvantail, étendant les bras, attendit que les corbeaux passent à sa portée. Ils les attrapa l'un après l'autre, et leur tordit le cou.

Alors la méchante sorcière leur envoya un essaim de guêpes féroces. "Piquez-les et tuez-les!" ordonna-t-elle.

Mais les guêpes se brisèrent le dard en attaquant Fer Blanc-le-bûcheron, et l'on n'en parla plus.

La sorcière était furieuse! De son armoire, elle tira un bonnet d'or. Celui qui le possédait pouvait faire appel aux Singes Ailés à trois reprises, et ceux-ci obéissaient à tous les ordres. Elle les avait appelés deux fois déjà, c'était donc la dernière.

Elle lut la phrase magique inscrite dans le bonnet.

Le ciel s'assombrit, on entendit un battement d'ailes. Puis le soleil réapparut, et l'on put voir le ciel emplit de grands singes, avec des ailes dans le dos.

Le plus grand de tous, le Roi des Singes, piqua sur la sorcière.

"Tu nous a appelés pour la troisième et dernière fois! Que veux-tu?"

"Que vous détruisiez Dorothée et ses amis, sauf le lion, qui sera mon esclave."

Les singes s'envolèrent. Ils attrapèrent Fer Blanc, et le précipitèrent sur des rochers, où il se brisa en morceaux. Ils arrachèrent la paille de l'épouvantail et jetèrent ses vêtements dans un arbre. Ils ficelèrent le lion et l'emportèrent au château où ils l'enfermèrent dans une cage de fer.

Mais ils ne purent faire de mal à Dorothée,

grâce à la marque de la bonne fée. Alors, ils l'amenèrent au château où la méchante sorcière lui donna un seau et une brosse à récurer, et lui fit nettoyer les dalles de pierre. Pauvre Dorothée!

Comme le lion ne voulait pas travailler, la sorcière ne lui donnait rien à manger. Elle savait que les souliers de Dorothée étaient magiques, et essaya de les voler après avoir chassé Toto d'un coup de pied!

Cela mit Dorothée dans une telle colère, qu'elle attrapa son seau et le renversa sur la sorcière.

A sa grande surprise, la sorcière se mit à rapetisser, puis à fondre.

"Mon Dieu! Qu'est ce que j'ai fait?" s'écria Dorothée.

"Ne savais-tu pas que l'eau pouvait me tuer?" grinça la sorcière, qui se répandit sur le sol en une flaque informe.

Dorothée nettoya tout et courut libérer le lion.

Quand les Winkies apprirent la mort de la sorcière, et que leur esclavage était terminé, ils réparèrent Fer Blanc-le-bûcheron et remirent la paille dans l'habit de l'épouvantail.

Puis Dorothée lut la formule magique du bonnet d'or et demanda aux Singes Ailés de la ramener à la Cité d'Emeraude.

DE RETOUR DANS LA CITE D'EMERAUDE

En arrivant, nos amis allèrent droit à la salle du trône, mais elle était vide! On entendait seulement une voix aiguë qui venait du plafond et disait : "Je suis invisible aux yeux des mortels! Que venez-vous faire ici?"

"Vous faire tenir vos promesses, car nous avons tué la méchante sorcière!"

"Je vais y réfléchir! Revenez demain," dit la voix.

A ces mots, le lion rugit de colère. Toto détala et heurta un paravent dressé dans un coin.

Derrière, se tenait accroupi un drôle de petit bonhomme, tout chauve et tout ridé.

"Qui êtes-vous?" demanda l'épouvantail.

"Je suis le Grand et Terrible Magicien! S'il vous plaît, ne me faites pas de mal," dit-il d'une voix chevrotante.

"Ainsi vous n'êtes ni une bête, ni une dame, ni une boule de feu! Mais qui êtes-vous donc?" demanda Fer Blanc-le-bûcheron.

"Je suis un charlatan!" dit le magicien. "Je ne suis qu'un simple prestidigitateur. Un jour que j'étais monté en ballon – c'était d'ailleurs près du Kansas, Dorothée – la corde s'est rompue et le ballon a dérivé jusqu'à ce pays. Quand j'ai atterri, les gens croyaient que j'étais un sorcier et m'ont choisi pour chef!"

"Mais comment faites-vous tous ces tours de magie?" demanda Dorothée.

"Je vais vous montrer!" Et il ouvrit une armoire pleine de masques et de marionnettes. La grosse tête chauve était une boule de papier suspendue à des fils qui permettaient de mouvoir ses yeux et sa bouche.

"Et comment faites-vous pour les voix?" demanda-t-elle.

"J'ai été ventriloque autrefois!"

"Ainsi vous n'êtes pas plus magicien que moi!" dit l'épouvantail. "Vous ne pourrez pas tenir vos promesses!"

"Vous êtes un mauvais homme!" dit Dorothée avec sévérité.

"Non, je suis un brave homme!" dit le magicien. "Je ne suis qu'un mauvais magicien!"

LE CHARLATAN TIENT SES PROMESSES

Le magicien leur promit de faire de son mieux, même s'il n'était pas un vrai magicien.

Il ouvrit la tête de l'épouvantail, ôta un peu de paille et la remplaça par un peu de son, des épingles et des aiguilles.

"Maintenant tu as une cervelle!" dit-il, et l'épouvantail partit très content.

Puis il pratiqua une ouverture dans le corps de Fer Blanc, et y introduisit un petit cœur de soie rouge, bourré de sciure. "Et voilà, maintenant tu as un cœur!" dit-il.

Puis ce fut le tour du lion. Le magicien lui fit boire une cuillerée d'un liquide vert.

"Qu'est ce que c'est?" demanda le lion.

"Une fois en toi, cela te donnera du courage. Le courage vient toujours de l'intérieur. Le courage, c'est quand on a peur, mais qu'on affronte tout de même le danger!"

"Je me sentirai bien plus courageux maintenant que j'ai le courage à l'intérieur," dit le lion.

Le magicien pensa : "Je n'ai pas eu besoin de beaucoup de magie pour faire cela. Intelligent, bon, et courageux, ils l'étaient déjà mais ne le savaient pas."

Mais ce ne fut pas si facile pour le magicien d'aider Dorothée. Il avait décidé de construire un autre ballon avec des morceaux de soie. Fer Blanc alluma un feu pour gonfler le ballon d'air chaud. Le magicien fixa un grand panier d'osier au-dessous, y monta, et appela Dorothée.

Mais elle ne put trouver Toto à temps, et le ballon s'était élevé dans les airs sans elle.

"Revenez!" cria-t-elle.

"Impossible!" cria le magicien. "Adieu!"

Et quand il monta dans les nuages, tout le monde lui dit "Adieu!" en faisant de grands signes.

EN ROUTE POUR LE SUD

Les amis de Dorothée essayèrent de la consoler. "Pourquoi ne restes-tu pas avec nous à la Cité d'Emeraude?" lui suggérèrent-ils.

Mais Dorothée voulait retourner chez sa tante Emilie et son oncle Henri, au Kansas. "Ce n'est peut-être pas un bel endroit," dit Dorothée, "mais je préfère y être plus que n'importe où ailleurs. Il n'y a rien de tel que sa maison!"

Alors l'épouvantail eut encore une idée. "Tu as toujours le Bonnet d'Or! Pourquoi ne pas demander de l'aide aux Singes Ailés. Ils pourraient t'amener à la bonne fée du Sud!"

Dorothée appela donc les Singes Ailés. Ils descendirent du ciel pour les emmener tous devant le trône de la bonne fée du Sud. Elle s'appelait Glinda, et avait une splendide chevelure rousse et brillante, des yeux bleus, et une robe blanche étincelante.

"Que puis-je faire pour toi, mon enfant?" demanda-t-elle.

Dorothée lui raconta son histoire.

Glinda, se penchant en avant, lui fit un baiser sur la joue. "Je vais te dire ce que tu dois faire," dit-elle, "mais avant, donne-moi le Bonnet d'Or."

"Le voici," dit Dorothée.

"Et maintenant," dit Glinda à l'épouvantail, "que vas-tu faire lorsque Dorothée sera partie?"

"Les habitants de la Cité d'Emeraude m'ont demandé d'être leur maire."

"Et toi?" demanda-t-elle à Fer Blanc.

"Les Winkies de l'Ouest voudraient bien que je sois leur chef, depuis que nous avons tué la sorcière."

"Et le lion?"

"Les bêtes sauvages de la forêt m'ont demandé de devenir leur roi!" dit fièrement le lion.

"En ce cas, je vais demander aux Singes Ailés qu'ils vous amènent tous à vos royaumes. Ensuite je donnerai le Bonnet d'Or au Roi des Singes, et ainsi, les singes seront libres à jamais."

"Et qu'avez-vous prévu pour moi?" dit Dorothée.

"Toi, tu as les souliers d'argent, mon enfant. Ils ont un grand pouvoir magique. Tu n'as qu'à leur demander d'aller où tu le désires!"

"J'aurais donc pu rentrer chez moi dès le jour de mon arrivée!"

"Mais, si tu l'avais fait, je n'aurais jamais eu de cerveau!" dit l'épouvantail.

"Et moi, pas de cœur!" dit Fer Blanc-le-bûcheron.

"Et moi, pas de courage!" dit le lion.

"C'est vrai! Je suis heureuse d'avoir pu aider mes amis. Mais maintenant que leurs souhaits sont réalisés, je voudrais bien retourner au Kansas!" dit Dorothée en attrapant Toto.

"Frappe trois fois les talons l'un contre l'autre, et dis leur où tu veux aller!" dit Glinda.

"Ramenez-moi chez Tante Emilie!" dit Dorothée. En un clin d'œil, elle se mit à tourbillonner si vite dans l'espace qu'elle ne voyait, ni n'entendait plus rien. Elle se retrouva dans l'herbe, où après quelques roulades, elle recouvra ses esprits.

"Mon Dieu!" s'écria-t-elle.

Car la plaine du Kensas s'étendait devant elle, et il y avait aussi une ferme toute neuve et l'oncle Henri en train de traire les vaches.

Les souliers d'argent avaient disparu.

Dorothée courut vers la maison. Tante Emilie arrosait ses choux. Toto la suivit, aboyant joyeusement.

"Ma chère enfant!" dit Tante Emilie en la serrant dans ses bras, et en l'embrassant. "Mais où étais-tu donc passée?"

"J'étais dans le pays d'Oz!" dit Dorothée. "Et je suis si contente d'être de retour à la maison, Tante Emilie!"